文、圖／馬可‧馬汀 Marc Martin

譯／黃筱茵　主編／胡琇雅　美術編輯／吳詩婷

董事長／趙政岷　第五編輯部總監／梁芳春

出版者／時報文化出版企業股份有限公司

108019台北市和平西路三段240號七樓

發行專線／（02）2306-6842

讀者服務專線／0800-231-705、（02）2304-7103

讀者服務傳真／（02）2304-6858

郵撥／1934-4724時報文化出版公司

信箱／10899臺北華江橋郵局第99信箱

統一編號／01405937

copyright © 2018 by China Times Publishing Company

時報悅讀網／www.readingtimes.com.tw

電子郵件信箱／ctliving@readingtimes.com.tw

法律顧問／理律法律事務所　陳長文律師、李念祖律師

Printed in Taiwan

初版一刷／2018年 4 月

初版三刷／2022年 10 月

Max by Marc Martin

Copyright © Marc Martin, 2014

First published by Penguin Australia Pty Ltd. This
edition published by arrangement with Penguin
Random House Australia Pty Ltd.

through Andrew Nurnberg Associates International
Limited

Complex Chinese edition copyright © 2018 by China
Times Publishing Company

麥克斯

文、圖／馬可・馬汀
譯／黃筱茵

這是麥克斯。

麥克斯住在海邊。
你以前可能看過麥克斯。

他_{ㄊㄚ}有_{ㄧㄡˇ}一_ㄧ點_{ㄉㄧㄢˇ}厚_{ㄏㄡˋ}臉_{ㄌㄧㄢˇ}皮_{ㄆㄧˊ}，
還_{ㄏㄞˊ}有_{ㄧㄡˇ}一_ㄧ點_{ㄉㄧㄢˇ}淘_{ㄊㄠˊ}氣_{ㄑㄧˋ}。

不_{ㄅㄨˋ}過_{ㄍㄨㄛˋ}大_{ㄉㄚˋ}致_{ㄓˋ}說_{ㄕㄨㄛ}來_{ㄌㄞˊ}，
他_{ㄊㄚ}是_{ㄕˋ}一_ㄧ隻_ㄓ非_{ㄈㄟ}常_{ㄔㄤˊ}棒_{ㄅㄤˋ}的_{ㄉㄜ˙}海_{ㄏㄞˇ}鷗_ㄡ。

麥克斯喜歡兩種東西。
他喜歡魚。

還「喜」歡「薯×條」。

喔，他也喜歡
巴柏！

麥克斯和巴柏
是老朋友了。

麥克斯每天都
拜訪巴柏。

他跟巴柏作伴，
在客人進門時
迎接他們。

如果麥克斯乖乖的，
巴柏就會給他幾根薯條。

傍晚時分，麥克斯和巴柏一起去釣魚。

等太陽下山，巴柏會說：
「麥克斯，明天見！」

可是某個夏天，商店非常安靜，
上門的客人愈來愈少。

巴ㄅㄚ柏ㄅㄛˊ好ㄏㄠˇ像ㄒㄧㄤˋ很ㄏㄣˇ傷ㄕㄤ心ㄒㄧㄣ。
就ㄐㄧㄡˋ連ㄌㄧㄢˊ剛ㄍㄤ剛ㄍㄤ才ㄘㄞˊ抓ㄓㄨㄚ到ㄉㄠˋ的ㄉㄜ˙魚ㄩˊ也ㄧㄝˇ沒ㄇㄟˊ辦ㄅㄢˋ法ㄈㄚˇ讓ㄖㄤˋ他ㄊㄚ開ㄎㄞ心ㄒㄧㄣ起ㄑㄧˇ來ㄌㄞˊ。

等_ㄥ麥_{ㄇㄞ}克_{ㄎㄜ}斯_ㄙ下_{ㄒㄧㄚ}一_ㄧ次_ㄘ再_{ㄗㄞ}來_{ㄌㄞ}拜_{ㄅㄞ}訪_{ㄈㄤ}時_ㄕ，巴_{ㄅㄚ}柏_{ㄅㄛ}不_{ㄅㄨ}見_{ㄐㄧㄢ}了_{ㄌㄜ}。

所以麥克斯等待著。

他等了一天。

他_{ㄊㄚ}等_{ㄉㄥ}了_{ㄌㄜ}一_一個_{ㄍㄜ}
星_{ㄒㄥ}期_{ㄑㄧ}。

他_{ㄊㄚ}等_{ㄉㄥ}了_{ㄌㄜ}好_{ㄏㄠ}長_{ㄔㄤ}好_{ㄏㄠ}長_{ㄔㄤ}
的_{ㄉㄜ}時_ㄕ間_{ㄐㄧㄢ}。

可½是ˊ巴ㄅ柏ㄛ沒ㄟ有ㄡ
回ㄏ來ㄌ。

麥ㄇ克ㄎ斯ㄙ決ㄐ定ㄉ：
該ㄍ是ˋ離ㄌ開ㄎ的ㄉ時ˊ
候ㄡ了ㄜ。

超級購物中心

即將在此為您服務

他^{ㄊㄚ}高^{ㄍㄠ}高^{ㄍㄠ}飛^{ㄈㄟ}入^{ㄖㄨ}
天^{ㄊㄧㄢ}際^{ㄐㄧ}。

當_{ㄉㄤ}麥_{ㄇㄞ}克_{ㄎㄜ}斯_ㄙ飛_{ㄈㄟ}翔_{ㄒㄧㄤ}時_ㄕ，他_{ㄊㄚ}看_{ㄎㄢ}見_{ㄐㄧㄢ}許_{ㄒㄩ}多_{ㄉㄨㄛ}事_ㄕ物_ㄨ，

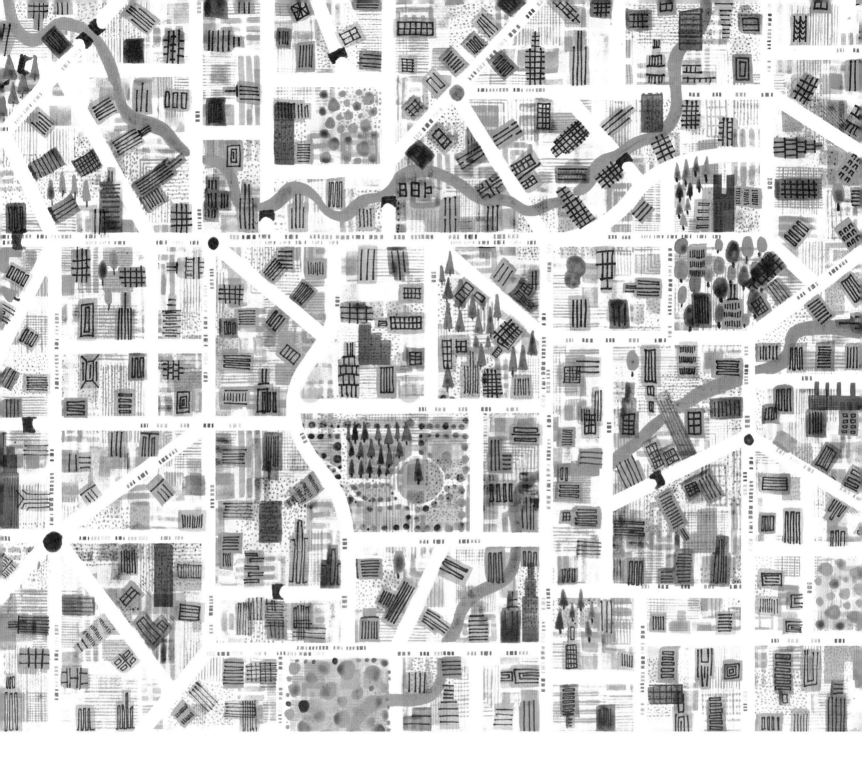

可ㄎㄜˇ是ㄕˋ巴ㄅㄚ柏ㄅㄛˊ在ㄗㄞˋ哪ㄋㄚˇ裡ㄌㄧˇ？

這時候，
麥克斯聞到熟悉的味道……
於是他跟隨這個味道——

飛過樹木，

繞過城市，

越過高高的
建築物。

直业到勿他士抵勿達勿一一家屮店勿。

一`-`家`ㄐㄧㄚ`薯`ㄕㄨˋ`條`ㄊㄧㄠˊ`店`ㄉㄧㄢˋ`。

是巴柏的店！

是一家全新的商店，可是
麥克斯還是有位子可坐。

「麥克斯！」巴柏說。
「你怎麼找到我的？ 我還
以為我永遠沒辦法再見到
你了！ 我想念你。」

現在麥克斯每天都到
城市裡拜訪巴柏。

你可能會在那裡看見
他表現得最好的一面。
他會迎接客人，並且
很有耐心的等待一根
薯條。

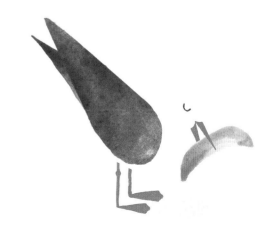

到了傍晚時分，
巴柏會關上店門，

巴柏&麥克斯
休息中

他們走到海邊……

一`一`-`起`ㄑ`ㄧ`ˇ`釣`ㄉ`ㄧ`ㄠ`ˋ`魚`ㄩ`ˊ`。